KB108850

철학하는 금붕어

철학하는 금붕어

초판 1쇄 인쇄 2014년 05월 21일
초판 1쇄 발행 2014년 05월 28일

지은이 조 희 전
펴낸이 손 형 국
펴낸곳 (주)북랩
편집인 선일영 편집 이소현, 이윤채, 조민수
디자인 이현수, 신혜림, 김루리 제작 박기성, 황동현, 구성우
마케팅 김회란
출판등록 2004. 12. 1(제2012-000051호)
주소 서울시 금천구 가산디지털 1로 168, 우림라이온스밸리 B동 B113, 114호
홈페이지 www.book.co.kr
전화번호 (02)2026-5777 팩스 (02)2026-5747

ISBN 979-11-5585-239-2 03810(종이책) 979-11-5585-240-8 05810(전자책)

이 도서의 국립중앙도서관 출판시도서목록(CIP)은 서지정보유통지원시스템 홈페이지(http://seoji.nl.go.kr)와 국가자료공동목록시스템(http://www.nl.go.kr/kolisnet)에서 이용하실 수 있습니다.
(CIP제어번호 : 2014015737)

철학하는 금붕어

bookLab

서 문

변화를 갈망하는 이들이 많다. 하지만 변화는 쉽지 않은 일이다. 필자는 어떻게 하면 인간이 변화될 수 있는가에 대해 고민했다. 그리고 많은 책을 읽었다. 이 책은 필자의 고민의 결정판이다. 이 책에서는 변화를 위한 기법을 담았다. 변화의 핵심은 원숭이가 되는 것이다. 이 말은 다른 성공하는 이들을 따라하자는 것이다. 성공한 이들을 모방하면 우리는 성공한 사람들과 똑같이 될 수 있다. 이것은 잘 알려진 사실이나 실천하는 이들이 적다.

책의 내용은 『아라비안나이트』에서 영감을 얻었다. '세헤라자데'가 왕에게 이야기하는 형식을 빌려 만든 것이다. 이 책에서 보여줄 14일의 이야기를 통해 당신이 변화하기를 바란다. 하루에 한 장씩 읽어가며 변화의 기법을 실천한다면 당신의 삶에 변화가 있을 것이라고 확신한다.

2014년 5월

조희전

차 례

철학하는 금붕어

내 꿈은 베스트셀러 작가였다. 하지만 그 길은 쉽지 않았다. 나는 점수에 맞추어 교대에 입학해야 했다. 교대의 커리큘럼은 나와 전혀 맞지 않았다. 나는 강의를 듣지 않고 혼자 『수레바퀴 아래서』를 읽었다. 교대 4학년인 나는 임용고시를 준비해야 했다. 하지만 임용고시를 준비 하다보니 내 머리에서 열이 났다. 그래서 나는 서점으로 향해 책을 읽었다. 임용고시는 쉽지 않았다. 나는 이미 쉽다는 초등임용시험에 2번이나 떨어졌다. 자살하고 싶은 절망의 순간 나는 금붕어 이야기를 그녀에게 들었다. 그녀는 이렇게 이야기를 시작했다. "배부른 돼지보다 배고픈 소크라테스가 낫다."

한 부부의 어항에 금붕어가 홀로 살고 있었다. 금붕어는 1년 전에 수족관에서 이 부부의 어항으로 팔려오게 되었다. 금붕어가 수족관에 있을 때 금붕어에게는 꿈이 있었다. "나는 아주 멋지고 아름다운 공간에서 살게 될 거야." 비좁은 공간에 가득 찬 금붕어들 속에서 금붕어는 꿈을 품었다. 수족관은 매번 먹이를 얻기 위한 경쟁이 벌어지는 곳이었다. 하늘에서 떨어지는 먹이는 충분치 않았다. 힘세고 덩치가 큰 금붕어는 많은 먹이를 먹었지만,

덩치가 작고 몸이 약한 금붕어는 먹이를 하나도 먹지 못한 때도 많았다. 그리 큰 덩치가 아니었던 금붕어는 먹이를 잘 먹지 못했다. 하지만 꿈만은 가지고 있었다. 수족관을 떠났을 때 금붕어는 새로운 희망에 부풀었다. 왜냐하면 수족관에는 수많은 금붕어들이 서로 먹이 다툼을 하며 사는 것이 싫었기 때문이었다. 금붕어에게 부부의 어항은 새로운 희망이었다. 처음에 금붕어는 자신의 삶에 만족했다. 금붕어는 홀로 어항에서 자유롭게 돌아다닐

수 있기 때문이었다. 또한 먹이 다툼을 하지 않아도 되었기 때문이었다. 하지만 1년의 시간이 지나고 금붕어는 어항이 싫어졌다. 단조로운 일상의 반복, 좁아 터진 공간을 왔다갔다 거리는 자신이 미웠다. 가짜 수초를 넘어 다니기를 수백 번, 이제 지겹기만 하다. 하루 두 번 하늘에선 먹이가 떨어진다. 먹이는 녹색과 갈색이 있었다. 녹색과 갈색의 맛은 약간 달랐으나 이제는 녹색이나 갈색이나 매한가지였다. 이제는 너무도 익숙해진 그 맛, 새우와

정어리를 갈아 만든 듯한 그 먹이를 아무 감각 없이 집어삼킨다. 하늘에서 왜 먹이가 떨어지는지 금붕어는 알 길이 없다. 하지만 금붕어는 그것이 마음에 들지 않았다. 금붕어에게 먹이를 먹는 것은 이제 중요하지 않았다. 『갈매기의 꿈』에서 갈매기 '조나단'이 먹이를 쫓지 않고 더 높이 날려고 했던 것처럼 금붕어는 더 넓은 세상을 헤엄치고 싶었다. 금붕어는 다른 세상으로 나가고 싶었다. 수조를 벗어난 지 얼마 되지 않아 금붕어는 어항을 벗

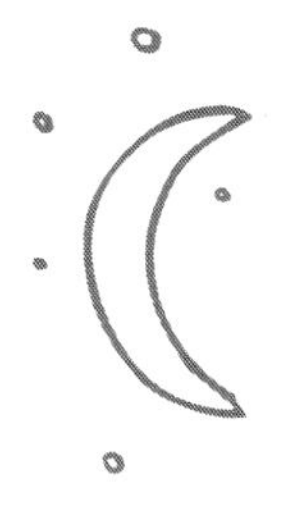

어나고자 한 것이다. 그곳이 어떤 곳이지는 알 수는 없으나 어항이 아닌 다른 세상이 있을 것 같았다. 어항 속 금붕어는 외로웠다. 지느러미가 저려오는 뼈저린 고독이었다. 불이 꺼지고 깜깜해지면 금붕어는 어항 속 수조를 붙잡고 눈물을 흘렸다. 어항 속에는 공기방울의 웅웅대는 소리와 인공 수초의 움직임만 있을 뿐이었다. 그 끝없는 적막에 금붕어는 미칠 지경이었다. 금붕어는 좌절감과 절망에 빠졌다. 그래서 먹이를 먹지 않기를 사나흘 금붕어는 병신같이 정신을 잃었다.

금붕어가 수면위로 둥둥 떠오르자 주인은 금붕어가 죽었다고 생각했다.

"여보 금붕어가 죽었어, 누가 내 금붕어를 죽였을까?"

아내의 외마디 외침에 남편은 대답했다.

"먹이를 너무 많이 준 것 아니야? 아니면 먹이를 주지 않았거나, 혹시 어항 청소를 하면서 수돗물을 바로 넣은 것 아냐?"

남편은 계속해서 중얼거리면서 바로 금붕어를 집어 들고 변기에 내려 버렸다. 쓰레기통에 처리하기 귀찮았던 것이다. 금붕어는 하수구를 타고 집 밖으로 빠져 나왔다. 금붕어는 하수구에서 정신을 차렸다. 금붕어는 자신이 다른 공간에 있음을 느꼈다. 하수구는 비좁고 물이 더러웠다. 금붕어는 물의 흐름을 타고 이동했다. 정말 구토가 나는 물이었다. 하지만 이곳을 지나면 무언가 새로운 공간이 나올 것 같았다. 금붕어는 축구경기장 두 개를

합친 길이의 하수구를 더 헤엄쳤고 이윽고 빛이 보였다.

그리고 아주 운이 좋게도 금붕어는 강으로 나왔다.

그곳은 신세계였다. 엄청난 공간에 금붕어는 압도당했다. 금붕어의 머리로는 상상 할 수 없는 공간이 그곳에 펼쳐져 있었던 것이다.

금붕어는 그곳에서 많은 친구들을 만났다.

가재, 달팽이, 송사리 잉어 등이었다. 돌 틈에 있던 가재가 말했다.

"넌 누구니?"

"난 어항 속에서 살던 금붕어야."

"어항이 뭐지, 게다가 네 색깔은 왜 그렇게 촌스럽니?"

"어항은 투명한 유리 공간이야. 거기는 먹이가 하늘에서 떨어지고, 공기방울이 나오고, 나 빼고 아무 생물체도 없으며, 인공 수초가 심어져 있는 공간이야. 그리고 내 색깔은 태어났을 때부터 이랬어."

금붕어는 어리버리하게 말했다.

금붕어는 바보처럼 처음에는 멀리 움직이지 못하고 어항 속에 있는 공간만큼만 몸을 움직였다. 거기서 놀고 있던 송사리가 말했다.

"왜 한 곳만 왔다 갔다 하는 거야. 저쪽 멀리에도 나가봐. 금붕어야, 멍청한 너를 위해 내가 이야기 하나 들려줄게. 옛날에 빈 병에 갇혀 살던 빈대가 있었어. 그 빈대는 원래 1미터도 넘게 뛸 수 있었는데 빈 병에 오래 살다보니 50센티밖에 못 뛰게 된 거야. 빈 병에서 나간 후에도 그 빈대는 50센티밖에 뛰지 못했어."

"그렇구나. 나도 그 빈대와 같구나!"

금붕어는 외마디로 소리쳤다.

"또 있어."

송사리는 계속 이야기를 이었다.

“어렸을 때 말뚝에 박힌 코끼리는 커서는 그 말뚝을 뽑을 힘이 충분한데도 그 말뚝을 벗어나지 못한데. 어렸을 때 경험한 그 말뚝에 압도 당한거지. 그래서 그 말뚝을 뽑을 생각을 하지 못하는 거야. 너도 과거에서 벗어나야 해. 과거에 네가 살던 공간과 지금의 강은 전혀 달라. 옛날 생각에서 벗어나지 못한다면, 넌 말뚝에 박힌 코끼리처럼 커서도 영원히 그 말뚝 주위만 맴돌게 될 거야. 희망을 가져, 네 안에는 너를 얽매이는 말뚝을 뽑고 자유롭게 돌아다닐 힘이 존재해.”

금붕어는 그제야 자신이 어항이라는 좁은 공간을 벗어났음을 느꼈다. 헤엄치는 대로 몸이 앞으로 나아간다. 금붕어는 무척 신기했다. 자신을 가로막는 투명한 벽이 없는 셈이다. 움직이면서 번번히 금붕어는 자신을 가로막는 투명한 벽이 있을까봐 걱정했지만, 이제 자신을 가로 막는 것은 아무 것도 없다는 사실을 깨닫고 매우 큰 자유로움을 느꼈다. 금붕어는 가슴이 벅차올랐다.

"드디어 새 삶이 시작됐어."

하지만 설렘도 잠시였다. 금붕어는 색깔이 다르다는 이유로 다른 붕어들에게 배척당했다. 또한 금붕어는 배가 고팠다. 하늘을 쳐다보며 멍청하게 떠올라도 먹이는 내려오지 않았다. 금붕어는 외마디 소리쳤다.

"누가 내 먹이를 없앴을까?"

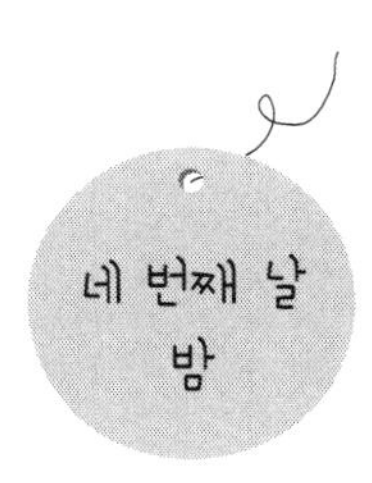

금붕어는 사냥을 해야 한다는 것을 본능적으로 느꼈다. 처음에는 더럽게 다른 생물이 먹다 버린 찌꺼기나 똥을 걸러 먹었다. 붕어들은 금붕어를 더럽다는 듯이 보며 지나갔다. 붕어들은 금붕어를 이해하지 못했다.

"어항이란 공간은 먹이도 주고, 천적도 없고, 안전한 은신처도 제공해주는데 그런 공간을 벗어나 강으로 오다니 정말 어리석어."

금붕어는 대답했다.

"전 자유를 찾아서 온 것입니다. 자유는 그 무엇보다 소중하기 때문이죠."

그런 금붕어를 잉어는 이해하고 있었다. 잉어가 말했다.

"그 말이 맞아 금붕어야. 자유는 그 무엇보다 소중하지. 자유의 소중함을 알려주는 이야기 하나를 들려줄게. 인간에게 실험을 한 적이 있어. 인간을 두 집단으로 나누어서 한 집단에게는 자유롭게 식

단과 시간을 사용할 수 있는 권리를 준 반면 다른 집단은 미리 제공한 시간표와 식단대로 움직이게 한 거지. 어느 집단이 더 행복했을 것 같니? 자신 스스로 선택할 수 있는 권리를 준 집단이 더 행복했다는 결과가 나왔단다. 인간들 이야기이지만 우리 동물들에게도 마찬가지란다. 본성을 거스르는 것들은 행복을 방해하곤 하지. 넌 지금 무척 행복할 조건을 갖추었단다."

하지만 다른 붕어는 이해하지 못했다. 그들은 자유에 너무도 익숙해져 있었고, 자유가 주는 기쁨보다도 당장의 생존을 책임져야 한다는 부담에 짓눌려 있었기 때문이었다. 하지만 자유를 쟁취하기 위한 과정은 쉽지 않았다. 자유에는 그보다도 더 커다란 책임감이 따르기 때문이었다. 금붕어는 다른 붕어들을 흉내 내어 사냥에 나섰으나 사냥은 쉽지 않았다. 어항에서 움직이지 않은 먹이만을 먹던 금붕어에게 애초에 사냥은 무척 힘겨운 일이었다. 한 번 두번 실패를 할 때마다 금붕어는 피가 마르는 듯한 고통을 느꼈다. 금붕어는 다시금 어항속의 먹이가 그리워졌다. 하지만 이내 다시 마음을 단단히 먹었다.

'다시는 하늘에서 떨어지는 먹이에 의존하지 않겠다.'

사냥은 쉽지 않았다. 금붕어를 안타깝게 지켜보면 한 붕어가 사냥하는 법을 가르쳐 주었다.

"사냥을 잘하고 싶니? 그렇다면 사냥을 잘 하는 붕어를 흉내 내는 수밖에 없어. 혹시 서양화를 그리는 정일을 아니? 그 인간도 처음에는 다른 사람들 그림을 흉내 내기만 계속 한다고 하더라고. 그리고 수없이 많은 흉내 내기를 한 후에야 자신만의 그림을 그릴 수 있다는 거야. 연기를 하는 사람도 마찬가지더라고. 자신보다 잘하는 대가를 흉내 내기만을 십여 년이 넘게 하는 경우도 있지. 나의 사냥 실력도 대단해 보이지만 다른 붕어의 사냥 실력을 어깨 넘어 배운 것뿐이야."

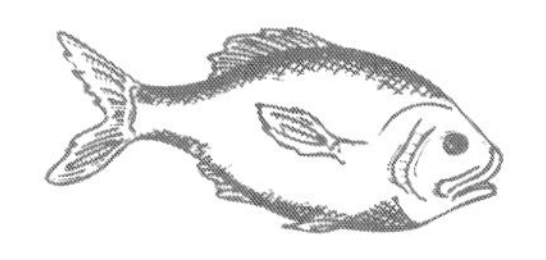

금붕어는 사냥에 번번히 실패했다. 온몸을 바쳐 사냥한 네 번째 시도가 실패했을 때 금붕어는 포기하고 싶었다.

지켜보고 있던 붕어가 말했다.

"인간들을 생각해 금붕어야. 인간들 중에는 판매를 하는 사람들이 있지. 누군가와 거래를 성사시키려면 평균 다섯 번을 만나야 한다고 해. 판매원의 50%가 한 번 만나보고 잘 안되면 그만두고, 30%는 세 번 만나본 후에 그만두고, 10%는 네 번 만나

보고 그만두지. 하지만 10%의 특별한 판매원은 다섯 번을 만나서 거래를 반드시 성사시켜."

4번을 실패하고 나서야 금붕어는 사냥을 어떻게 해야 하는지 조금은 몸으로 체득할 수 있었다. 5번의 시도 끝에 첫 사냥에 성공했다. 얄팍하게도 그것은 병든 작은 물고기였다. 보잘것없는 먹이였지만 금붕어는 무척이나 기뻤다. 그것은 처음으로 금붕어가 스스로 얻어낸 먹이였기 때문이다. 하늘에서 떨어지는 먹이가 아닌 자신의 힘으로 잡은 먹이였기에 금붕어는 자신감이 차올랐다.

다섯 번째 날 밤

강에서의 생활은 순조로웠다. 순풍이 불듯 금붕어는 자유로웠다. 하지만 역경이 찾아 왔다. 강의 상류에서 폐수를 버린 것이었다. 폐수를 먹은 금붕어는 숨이 막혀 강가의 기슭에 떠밀려왔다. 금붕어는 배를 드러내고 강위로 떠올랐다. 긴급한 호출을 받은 구청 공무원은 금붕어를 뜰채로 뜨려고 했다. 그러자 금붕어는 정신이 번쩍 들었다. '여기서 죽을 수는 없다' 금붕어는 배를 힘들게 꿈틀거리면서 강으로 다시 돌아갔다.

하루는 강에 있는데 갑자기 몸이 후텁지근해졌다. 왜 그런가 했더니 희한하게도 강의 온도가 높아지기 시작한 것이었다. 금붕어는 몸을 이리저리 움직이는데 몸놀림이 예전 같지가 않아 화들짝 놀랐다. 이러다가는 저번처럼 굴욕을 당할 것 같았다. 금붕어는 최선을 다해 움직임을 줄였으나 이번에도 배를 들어낸 채 공중에 떴다. 이번에도 구청 공무원이 달려왔다. 그런 금붕어들이 한두 마리가 아니었기 때문이었다. 뜰채에 떠지려는 순간 금붕어는 순간 깨달았다. '금붕어는 사명이 다하지 않는 한 죽지 않는다' 금붕어에게는 사명이 있었다. 그것은 바로 바다에 나가는 것이었다. 그 사명이 다하기까지 나는 죽지 않는다. 금붕어는 그렇게 믿었다. 믿기 놀라운 정신력으로 금붕어는 다시 헤엄쳐 안전한 곳으로 도망쳤다. 금붕어는 다시 한 번 승리한 것이다.

"인간들 중에 '강수진'이라는 사람은 하루 18시간씩 연습을 한다고 해. 너도 먹이 잡는 연습을 눈뜨는 순간에 모두 바쳐봐. 넌 분명히 가장 물고기를 잘 잡는 금붕어가 돼 있을 거야."

금붕어는 어느새 먹이를 가장 잘 잡는 금붕어가 되어 있었다. 눈앞에서 먹이를 놓치고 헤매던 금붕어가 아니었다. 변화는 바로 어느 순간 자신도 알지 못한 순간에 이미 일어났던 것이었다. 변화가 일어나기까지 필요한 것은 수없이 반복되는 노력이었다.

금붕어는 차츰 사냥에 익숙해졌다. 바위 틈 사이에는 다슬기들이 잔뜩 붙어있어서 그것들을 잔뜩 먹을 수 있었다. 어항 속 먹이로 뚱뚱했던 금붕어의 몸매는 어느새 날씬해져 있었다. 그것은 다른 붕어들의 몸매와 같이 날렵해진 것이다. 처음에 사냥에 실패했던 이유도 과도하게 비대해진 몸이 그 원인 중의 하나였다. 금붕어는 차츰 강에 적응했다. 금붕어의 사냥 솜씨는 차즘 늘어나서 곤충과 작은 물고기들이 금붕어의 먹이가 되었다. 그것은

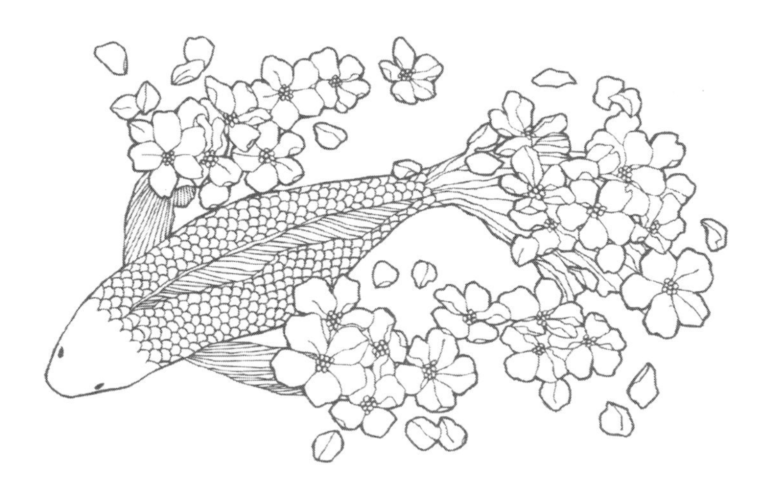

하늘에서 떨어지는 먹이와는 비교할 수 없는 맛과 생기를 가져다주었다. 스스로 먹이를 찾아서 사냥한다는 것이 금붕어의 자부심과 자신감을 높여 주었다. 이제 금붕어는 더이상 절망하지 않아도 되는 것이었다.

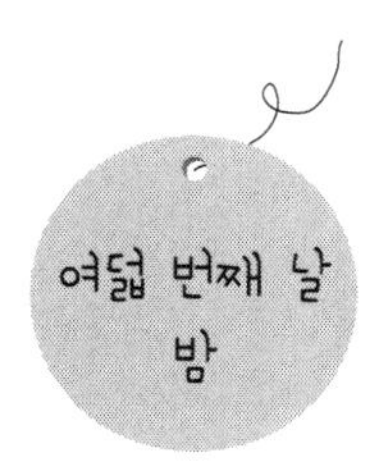

하지만 강에서의 생활은 쉽지 많은 않았다. 금붕어를 노리는 많은 생물이 존재했기 때문이었다. 이는 어항 속에서는 겪어보지 못한 일이었다. 어항 속에서 자기 혼자만 살던 금붕어는 강에서 자신을 잡아먹으려는 많은 생물들의 공격을 피하느라 정신이 없었다. 하루 종일 한시도 쉬지 않고 금붕어는 자신을 지키기 위해 노력해야만 했다. 하루는 큰 가물치가 금붕어를 노리고 쫓아와서 목숨을 걸고 도망쳐야만 했다. 간신히 큰 입을 벗어나기는 했지만 금붕어의 아름다운 꼬리지느러미 한쪽이 찢어지는 부상을 입어야만 했다. 그것도 금붕어가 뚱뚱해진 몸에서 날렵해졌기를 망정이지, 처음 강으로 왔을 때 공격당했다면 꼼짝없이 가물치의 뱃속으로 들어갈 판이었다. 하루는 하늘에서 웬 기다랗고 뾰족한 막대기 같은 것이 자신을 찌르려고 해서 바위틈으로 간신히 숨은 날도 있었다. 공중에는 새들이 호시탐탐 강물 위에 떠 있는 물고기를 잡으려고 노리고 있었다. 금붕어는 숨을 헉헉 쉬며 외쳤다.

“내 인공 수초는 어디로 갔을까?”

새삼 금붕어는 어항 속의 수초가 그리워 졌다.

위기는 그것만이 아니었다. 금붕어에는 강물에 사는 생물만의 공격이 있는 것이 아니었다. 금붕어를 노리는 적은 바로 인간이었다. 인간은 강가에서 낚시를 하며 물고기들을 잡았다. 금붕어는 낚시찌에 걸린 지렁이를 물려고 하였다. 그때 옆에서 지켜보던 다른 붕어 한 마리가 그것을 말렸다.

“그만둬. 그것은 인간의 미끼야.”

"하지만 내가 보기에는 어항 속 먹이 같아 보이는 데."

금붕어는 대답했다. 하지만 그것은 인간의 미끼였다. 그 미끼에 걸린 물고기는 꼼짝없이 인간의 물고기통으로 들어가고 말았다. 금붕어는 바보같이 처음에는 어항 속 먹이와 인간이 던진 미끼를 구분하지 못했다. 하지만 여러 번 인간의 미끼를 보면서 그 것을 구분하게 되었다.

물고기를 잡으려는 인간의 공격은 낚시만이 아니었다. 여름철 바위 곳곳에는 인간이 설치한 트랩이 존재하고 있었다. 트랩에는 먹이가 들어 있어, 아주 맛있는 된장 냄새를 풍겼다. 하지만 일단 트랩 안으로 들어가면 빠져 나오지 못했다. 금붕어는 먹이 냄새에 홀려 자신도 모르게 트랩 안으로 들어가고 말았다. 거기에는 이미 먹이를 쫓다가 자신도 몰래 들어온 물고기 몇 마리가 있었다. 그중 큰 물고기가 말했다.

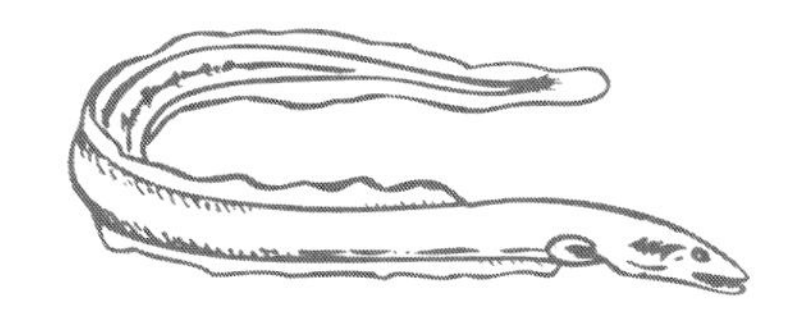

“이곳은 인간들이 만든 트랩이야. 이곳은 마치 ‘다이알로스’가 만든 미궁과 같지.”

“미궁이 뭐야.”

금붕어의 물음에 큰 송사리가 말했다.

“그리스 남쪽에 있던 섬나라 크레타에 다이알로스라는 사람이 살고 있었어. 이 사람은 손재주가 좋았거니와 뭘 만들기도 좋아했지. 크레타 왕 미노스는 이 사람에게 미궁을 하나 만들 것을 명했어. 미궁은 사람이 들어갈 수는 있으되 그 안의 길이

하도 꼬불꼬불하고 또 고약해서 나올 수는 없는 감옥이야. 하지만 난 나가는 길을 알고 있어. 그렇기에 이렇게 먹이를 먹으로 자청해서 들어온 거야. 날 만난 것을 행운이라고 생각해. 너희 머리로는 절대로 빠져 나갈 수 없을 테니까. 큰 송사리는 이렇게 말하고 앞장섰다. 과연 나가는 길을 쉽지 않았다. 송사리는 입구의 문을 제치고 밖으로 빠져나왔고, 연달아 금붕어와 다른 물고기들이 하나씩 트랩을 도망치는데 성공하였다.

"휴 다행이다."

금붕어는 연신 땀을 흘렸다. 금붕어에게는 하루하루가 위기일발의 연속이었던 셈이다.

어느 날 금붕어는 이상한 물고기를 만났다. 그 물고기는 강가의 반짝거리는 것들을 다 한곳에 모아 두고 있었다. 그리고 그 반짝 거리는 것을 하루종일 쳐다보았다.

"너는 무얼 하고 있니?"

금붕어의 물음에 물고기가 대답했다.

"빛나는 것들을 모으고 있지. 이 빛나는 것들을 봐 너무도 아름답지 않니?"

그런 물고기를 금붕어는 잘 이해하지 못했다.

그러던 어느 날 금붕어는 바다거북을 만났다. 바다거북은 오랜 세월을 살아 상처투성이였다. 금붕어는 바다거북이 바다에서 왔다는 사실만을 알고 있었다. 금붕어는 바다거북처럼 멋있어 지고 싶었다. 금붕어는 바다거북에게 물었다.

"바다는 어떤 곳이죠?"

"그건 말로 설명해서는 도저히 알 수 없다. 네가 바다에 가보면 알 수 있지. 너는 코끼리를 만진 장님의 이야기를 알고 있니? 잘 모르는 것 같은데 그 이야기를 들려주지. 옛날에 장님들이 살고 있었단다. 어느 날 그 장님들이 가는 길에 코끼리가 지나갔단다. 생전 처음 들어본 코끼리란 이야기에 장님들은 저마다 코끼리를 만져보느라 정신이 없었지. 코끼리가 지나가고 장님들은 모여서 이야기를 했어.

먼저 코끼리 귀를 만진 키 큰 장님이 말했어.

'코끼리는 큰 부채 같은 거야.'

그러자 다리를 만진 앉은뱅이 장님이 말했지.

'무슨 소리야 코끼리는 커다란 나무 기둥 같던데.'

코끼리 뒤편에 서 있던 뚱뚱한 장님이 말했어.

'아냐. 코끼리는 뱀처럼 길고 가느다랗던데.'

무슨 말인지 알겠니? 바다는 코끼리보다도 훨씬 크고 방대하기 때문에 내가 설명한다고 해서 네가 그것을 이해할 수는 없는 것이란다. 나도 바다의 일부분만을 알고 있을 뿐이야."

금붕어가 강의 한쪽 어귀에서 이런 저런 생각에 잠겨 방황하고 있었다. 금붕어는 바다로 나가고 싶었지만 어떻게 해야 할지 몰랐다. 그때 강의 한쪽 어귀에 있던 피라미가 다음과 같은 이야기를 들려주었다.

"인간들 중에 '앤서니 라빈스'라는 사람이 있었어. 그 사람은 뚱뚱했고 사람들과 어울리지 못했으며, 아주 작은 독신자 아파트에서 외로움에 울며 살고 있었지. 하지만 어느 순간 그 사람은 결단을 내린 거야. 완전히 삶을 바꾸어 버리겠다고 그리고 그 사람은 완벽하게 자신의 삶을 바꾸었어. 그의 말대로라면 결단은 의지를 깨우는 종소리라는 거야. 너도 할 수 있어. 진정한 결단을 내린다면 너도 바다로 나갈 수 있을 거야."

그때부터 금붕어는 바다로 가기로 단단히 결심했다. 그 순간 금붕어는 다른 강에 있는 물고기와는 다른 길을 가게 된 것이다.

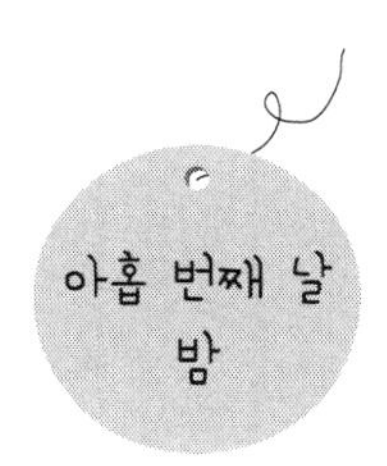

"시간이 늦었군. 내일 이 시간에 여기서 만날까. 내일 나머지 이야기를 들려주지. 그녀는 그렇게 말했다."

김군은 설레는 마음으로 집으로 돌아갔다. 집으로 돌아가는 길에 계속 금붕어 이야기가 머릿속을 맴돌았다.

'변하지 않으면 죽으리라.'

그리고 바다로 나아가기로 결단한 금붕어를 생각하며 김군은 갈등을 느꼈다. 한낱 금붕어도 자신의 삶을 개척하기 위해서 저렇게 노력하고 있는데 도대체 내가 하고 있는 것은 무엇일까. 김군은 자신을 반성하게 되었다. 죽을 각오를 하면서 강에 적응한 금붕어에 박수를 보냈다. 그러면서도 궁금한 것은 과연 금붕어가 바다로 어떻게 나아갈 것인가 하는 것이었다. 김군은 주섬주섬 시험 교재를 챙겼다. 벌써 3년째 접어든 공부라서 책은 방안에 탑을 쌓고 있었다. 늘어가는 책에 비해 김군이 알고 있는 지식은 폭발적으로 증가하지 않았다. 계속

쳇바퀴를 굴리고 있는 햄스터와 같았다. 김군은 책을 정리하면서 올해 시험 요강을 다시 한 번 출력해서 읽어 보았다. 올해는 할 수 있을까. 그는 금붕어가 하수구를 지나 강으로 돌파하듯이 자신도 이 어둡고 컴컴한 시험의 터널 길을 빠져 나와 새로운 인생의 전환기를 맞이하고 싶었다. 하지만 침대에 누우니 시험공부에 대한 생각보다도 금붕어 이야기만 머리를 맴돌았다. 김군은 은근히 내일 저녁이 기대되었다. 금붕어는 앞으로 어떻게 될까. 처음에 이상한 이야기라고 생각했지만 이야기를 듣다보니 이상하게만은 느껴지지 않았다. 김군은 잠을 설친 채 잠이 들었다.

김군은 저녁 여느 때처럼 데이트하러 공원으로 향했다. 운동을 하려고 집을 나왔지만 사실 그녀의 이야기를 마저 듣고 싶었기 때문이었다. 여자친구는 약속 시간에 맞춰 도착했다. 나와 그녀는 벤치에 앉았다. 그리고 그녀는 어제 하지 못했던 이야기를 마저 하기 시작했다.

진화… 당신은 진화하고 있는가?

금붕어는 다른 금붕어와 어울리지 못했다. 색깔이 다르다는 이유 때문이었다.

금붕어는 보다 더 넓은 세계로 나가고 싶다는 것을 느꼈다.

그 넓은 세계는 바다였다. 바다에 이르자 금붕어는 무엇인가 느꼈다. 그것은 바로 소금기였다. 금붕어는 그 염분에 깜짝 놀라 강으로 돌아왔다. 금붕어는 두려웠다. 그 염분에 자신이 죽지 않을까 하였기 때문이었다. 바다로 간 민물고기가 죽었다는 이야기가 종종 들려 왔다. 금붕어가 두려움에 머뭇거리고 있을 때 그곳에 살고 있던 숭어 한 마리가

헤엄치자다 머뭇거리는 금붕어를 보았다. 숭어는 금붕어에게 다음과 같은 이야기를 들려주었다.

"인간들의 이야기야. 인간들 중에는 부자와 가난한 사람들이 있지. 부자들과 가난한 사람의 차이점은 바로 두려움을 다루는 방식에서 온다고 해. 부자들과 가난한 사람들은 똑같이 두려움을 느끼지만 부자들의 경우 두려움에도 불구하고 행동하지. 그에 비해 가난한 사람은 두려움 때문에 움직이지 않아. 바로 거기에서 차이가 나는 거야. 너도 두려움을 이겨내지 못한다면 영원히 강에서만 머무르고 말거야. 두려움을 이겨내야 바다로 나아갈 수 있어."

금붕어는 두려움을 넘어서기로 했다. 두려움을 이겨내야만 새로운 세상을 만날 수 있다는 사실을 알게 되었다. 강과는 비교도 할 수 없는 바다라는 공간을 나서보고 싶었던 것이다. 얼마 전에는 바다에서 온 거북이에게 이야기를 들었다. 거북이는 여러 가지 바다이야기를 금붕어에게 해주었지만 금붕어는 이야기만으로 도저히 바다를 상상할 수 없었다.

바다를 향한 금붕어의 갈망을 다른 금붕어들을 이해할 수 없었다. 강은 금붕어들이 생각하기에 충분한 공간이었다. 먹을 것이 있으며, 돌아다니며, 그리고 또한 종종 있는 바위와 수초는 번식하기에 알맞은 공간이었다. 금붕어의 행동은 이해할 수 없는 행동이었으며 많은 수의 금붕어들은 뒤에서 자살행위라고 수군거렸다. 금붕어는 붕어들 사이에

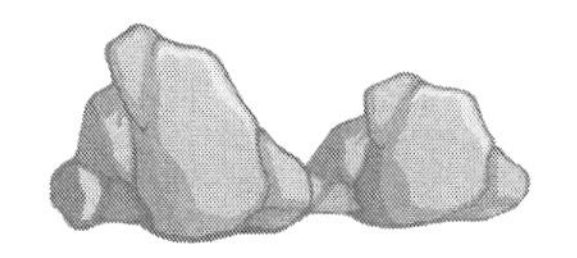

서 외톨이가 되었다. 그와 같이 친하게 지냈던 한 붕어도 금붕어가 바다를 나가려고 준비한다는 이야기를 듣고 금붕어를 멀리하였다.

"강에서도 천적을 피하려고 빈 바위틈을 도망쳐 다니는 네가 바다에 가겠다고? 어림없는 소리 하지 말아라. 네가 바다에 간다는 것은 있을 수 없는 일이야. 그것은 미친 짓이라고, 붕어가 바다에 간다면 99% 아니, 100% 죽어. 넌 절대로 바다에 갈 수 없어."

붕어는 친절한 마음 반, 비웃음 반으로 금붕어에게 바다에 간다는 것에 대해서 설명해 주었다. 마음 속으로 붕어의 리더는 금붕어를 좋아하지 않았다. 왜냐하면 금붕어가 먹이를 더 잡을 궁리를 하지 않고 엉뚱한 데에만 관심이 있었기 때문이었다. 붕어들의 냉소를 뒤로 한 채 금붕어는 오직 바다를 향해 자신을 불태워보기로 하였다. 그리고 바다와 민물에 동시에 사는 물고기에게 염분을 걸러 내는 방법을 배우기 시작했다. 연어는 바다와 민물에 동시에 살 수 있는 물고기였다. 연어는 말했다.

“네가 바닷물을 만난다고해도 죽지는 않는단다. 염분을 걸러내는 방법을 익힌다면 너는 바다와 민물 모두를 다닐 수 있지. 하지만 조심해야 돼. 너는 자기 목소리를 잃은 솔개이야기 알고 있니? 솔개이야기를 들려주지. 솔개는 어느 날 꾀꼬리의 목소리가 아름답게 느껴져서 꾀꼬리 목소리를 흉내 내기를 했단다. 그러기를 몇 달 시간이 지나자, 솔개는 꾀꼬리 목소리 내기가 쉽지 않다는 것을 느꼈지. 그리고 원래 자기 목소리로 울려고 하는데 이상한

소리가 나는 거야. 솔개는 결국 꾀꼬리 목소리도 얻지 못하고 자기 목소리도 잃게 되었단다. 너도 조심해야 돼. 바닷물고기도 아니고 민물고기도 아닌 이상한 존재가 될 수 있으니까 말이야."

연어는 솔개이야기에 이어 계속 말을 하였다.

"네가 변화하기 위해서 할 수 있는 두 가지 기법을 알려 줄게. 먼저, 첫 번째는 마치 바닷물고기가 된 것처럼 연기를 해야 한단다. 네가 마치 바닷물고기가 된 것처럼 민물에서 행동해야 돼. 그래야만 바닷물을 만났을 때에도 자연스럽게 바닷물에 적응할 수 있어. 두 번째는 기한을 정하는 거야. 올해 겨울이 오기 전까지를 목표로 세워봐. 기한이 없다면 넌 일 년이 지나고, 이 년이 지나고, 삼 년이 지나도록 변화가 없는 상태가 지속될 수 있어. 기한을 정해놓고 반드시 그 기한 안에 변화하겠다고 다짐하면 변화의 성공률을 높일 수 있지."

금붕어는 연어의 조언에 따라 마치 바닷물고기가 된 것처럼 민물에서 행동하였다. 그리고 올해 겨울이 오기 전까지 변화하기로 마음먹었다. 겨울이 되면 강이 얼어붙어 이동하기 힘들어지기 때문이었다. 금붕어는 연어의 염려를 뒤로한 채 연어를 스승 삼아 염분을 걸러내는 법을 배웠다. 금붕어는 타고나기에 민물고기이지만, 자신을 진화시키기로 마음 먹었던 셈이다. 중간 지역에서 머물면서 금붕어는 염분을 걸러 내는 방법을 익혔다. 염분을 걸러내는 방법을 배우는 데는 시간이 오래 걸렸다. 이는 사냥을 배우는 것과는 차원이 달랐던 것이다. 사냥하는 법은 금붕어의 유전적 본능에 있던 것이어서 그것을 긴 잠에서 깨우는 것이었다면, 염분을 거르는 법은 애초에 유전자에 없던 행위였다. 하지만 각고의 노력과 많은 시간이 흐르고 금붕어는 차츰 바다에 적응했고 얕은 바다에 나갈 수 있었다.

바다에 간 금붕어는 깜짝 놀랐다. 그곳에는 강과 비교도 되지 않는 생물체 들이 살고 있었다.

밍크 고래, 오징어, 불가사리, 백상어 등이었다.

바다에 나간 금붕어는 날치 떼를 만났다. 날치 떼는 바다 표면에서 하늘을 날고 있었다. 날치 떼의 무리에 섞여 있던 금붕어는 날치 무리에게 밀려 하늘로 솟구쳤다. 금붕어는 소리쳤다.

"나는 날고 있어!"

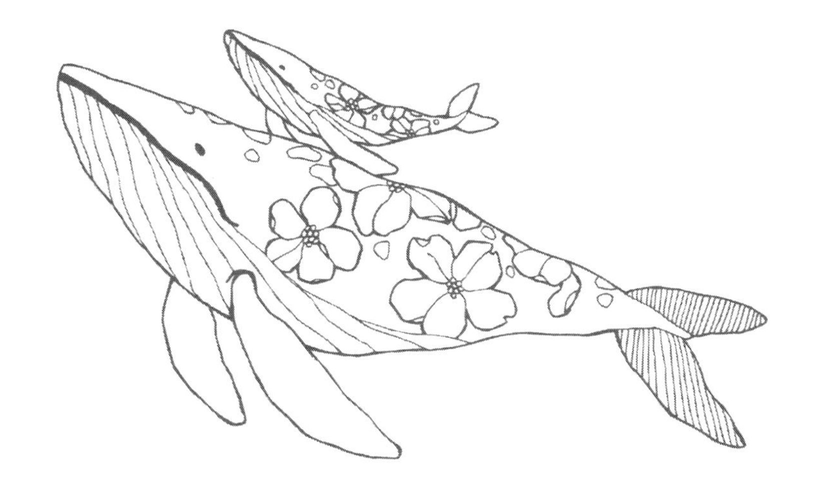

금붕어는 바람을 타고 순식간에 바다 한 복판 공중을 비행하였다. 날치처럼 오래 날 수 는 없었지만 그것은 금붕어에게 짜릿한 순간이었다. 허나 짜릿함은 오래 가지 않았다. 바다는 무시무시한 곳이었다. 금붕어는 사방에서 달려드는 물고기들의 공격을 피하느라고 식은땀이 났다. 금붕어에게 그 곳의 자리는 허락되지 않는 듯했다. 금붕어는 간신히 멸치 한 마리의 사냥에 성공하였다. 하지만 그 뿐이었다. 이내 피로가 몰려왔다. 금붕어는 다시금 생에 의문이 생겼다. 문득 어항 속이 그리워졌다.

금붕어는 다시 어항 속으로 돌아가고 싶었다.

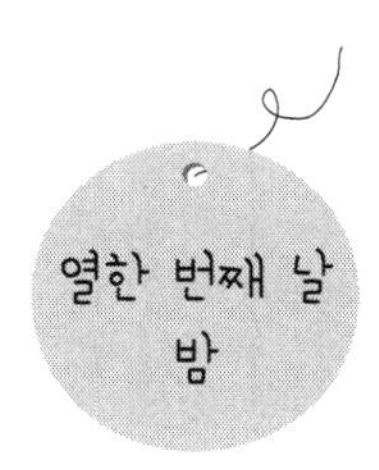

열한 번째 날 밤

수초 속에서 쉬고 있을 때 금붕어는 작은 해마를 만났다. 금붕어가 의욕을 잃고 의미 없이 지내는 것을 보고 해마가 말했다.

"생각의 초점을 옮겨야 돼. 과거에서 미래로 말이야. 난 한때 뚱뚱했지. 그때 내 생각의 초점은 온통 과거에만 쏠려 있었어. 뚱뚱해서 놀림 받고 어울리지 못했던 어린 시절로 말이야. 하지만 난 단호하게 과거에 이별하기로 했지. 난 그때부터 멋진 내 미래를 상상하기 시작했어. 아주 이상적인 모델

과 같은 몸매를 떠올리기 시작했지. 변화가 시작된 것은 바로 그 순간부터였어. 나의 멋진 미래가 생생히 떠올랐어. 그리고 나서부터 나는 나를 바꿔 나갔어. 생활 패턴, 운동습관, 식습관을 교정해나가기 시작했어. 그리고 결국 나는 모델과 같은 몸매를 손에 쥐게 되었지. 너도 마찬가지야. 변화를 위해 첫 시작은 과거와 단호하게 이별하는 거야. 그리고 멋진 미래를 상상해봐. 상상한 그대로의 멋진 미래가 네 앞에 다가올 거야."

금붕어는 어항에 있던 기억을 그리는 대신 바닷 속에서 멋지게 살아가고 있는 자신의 모습을 상상하기 시작했다. 금붕어는 차츰 절망에서 벗어났고 다시금 생기를 찾았다. 멋진 미래의 모습 그대로 살수 있다는 자신감이 점차 차오르기 시작했다.

하지만 변화가 시작되면서 문제가 생겼다. 변화의 정체기가 찾아온 것이다. 아무리 노력해도 변화하지 않는 시점이 온 것이다. 금붕어는 절망에 빠졌다. 예전과 같이 더 열심히 노력하는 데도 변화하지 않았기 때문이다. 그렇다고 노력하지 않는다고 해서 예전보다 나빠지는 것은 아니었다. 그때 땅 밑에 있는 불가사리를 만났다. 불가사리는 다음과 같은 조언을 해주었다.

"노력에 변화를 주어야 돼. 계속해서 같은 방식으로는 안 되지. 변화를 주어야지 변화할 수 있어. 예를 들어 설명하지. 인간들 중에는 헬스클럽에서 운동을 하는 사람들이 있어. 처음에는 운동 한 만큼 효과가 나타나지. 하지만 이내 시간이 지나면

운동을 해도 몸은 그대로인 정체기가 나타나게 돼. 그때 필요한 것이 바로 운동의 시간과 양에 변화를 주는 것이지. 어류도 마찬가지야."

금붕어는 사는 장소를 산호초가 많이 있는 곳으로 옮겼다. 산호초의 색깔은 금붕어와 비슷해서 금붕어는 천적을 피해 숨을 수 있었다. 산호초는 금붕어가 살기에 매우 적합한 장소였던 셈이었다. 산호초에서 금붕어는 천적을 피해 작은 물고기를 노려서 사냥에 성공할 수 있었다.

하지만 산호초에서의 삶은 오래가지 않았다. 산호초는 인간들에 의해 오염되어서 금붕어는 살 곳을 옮겨야 했기 때문이다. 금붕어는 수초로 자신의 거주지를 옮겨야만 했다. 하지만 이들 수초는 진짜지만 그 속에는 해파리들이 숨어 금붕어와 같은 작은 물고기들을 노리고 있었다. 금붕어는 해파리의 공격을 받아 바다 밑으로 가라앉았다. 해파리의 독에 맞아 숨이 멎는 듯하였다. 금붕어는 정신이 아득해지며 시야가 흐려지는 것을 느꼈다. 금붕

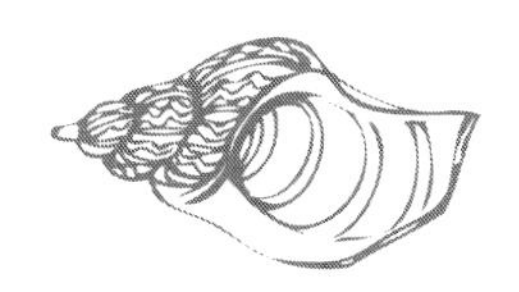

어는 절망 속에서 의식을 잃어갔다. 머릿속으로는 주마등처럼 생각들이 지나갔다. 다시 금붕어는 의식을 차렸지만 몸에는 힘이 하나도 없었다.

금붕어에게 애초에 바다는 무리였던 셈이었다. 금붕어는 다시금 절망했다. 자신의 색깔과, 자신의 몸 크기를 원망했다. 금붕어의 화려한 색은 종종 포식자들의 표적이 되었다. 게다가 금붕어의 작은 몸은 커다란 물고기들과 경쟁에서 살아남기 어려웠다. 금붕어는 포식자들을 피해 다시 정신없이 도망쳤다.

그 순간 하늘에서 그물망 같은 것이 떨어졌다. 금붕어는 놀라 그물망을 피해 보려고 했지만, 소용없었다. 금붕어는 그물망에 걸리고 말았다. 어부는 그물을 걷다가 깜짝 놀랐다. 웬 색깔 있는 고기가 물고기들 사이에서 펄떡이고 있었던 것이었다. 다른 물고기들은 어시장에 보내졌지만 금붕어는 수족관에 보내졌다. 수족관은 크고 네모난 아크릴 통이었다. 바다에서 발견한 금붕어라고 사람들은 희귀해 하였다. 바다를 향해 나아간 금붕어의 선

택이 틀리지 않았던 셈이다. 금붕어는 수족관에서 살게 되었고 특별한 보호를 받았다. 그곳에서 금붕어는 다른 금붕어와 함께 지냈다. 금붕어는 안도감이 들었다. 그곳은 하늘에서 먹이가 떨어지는 곳이었다. 다른 금붕어들과 경쟁해야 했지만 강과 바다에서의 경쟁에 비교하면 식은 죽 먹기였다. 게다가 수족관의 수조의 수풀은 볼품은 없었지만 해파리나, 버마재이같은 녀석이 숨어 있지도 않았던 것이다.

그곳에서 금붕어는 짝을 만났다. 금붕어의 짝은 다음과 같은 이야기를 들려주었다.

“치르치르와 미치르는 가난한 나무꾼의 아들과 딸이었어. 가난함을 싫어했던 두 남매는 크리스마스 때마다 항상 화려한 트리가 빛나는 옆집을 부러워하곤 했지. 그러던 어느 날 옆집의 할머니가 와서는 자신의 손녀딸이 큰 병이 나서 누워 있는데 파랑새를 보면 나을 수 있다고 말한다. 그러면서 아이들에게 파랑새를 찾아 줄 것을 요청하지.

파랑새를 찾아 나선 아이들은 빛의 요정이 안내해 주는 길을 따라 일 년 동안 파랑새가 있을 만한 곳을 여러 곳을 다니면서 온갖 모험을 하지만 결국 파랑새를 찾지 못하고 돌아와. 하지만 모든 것은 꿈이었어. 엄마가 깨우는 소리에 일어난 아이들은 모든 것이 꿈이었음을 깨닫지만 자신의 집 창가를 보고 놀람과 기쁨에 소리치지. 그토록 찾아 헤매던 파랑새가 집 창가 위 새장 안에 있었기 때문이야. 아이들은 새장을 들고 옆집 할머니에게 찾아가

손녀딸에게 파랑새를 보여주지. 소녀의 병이 완전히 낫게 된 어느 날 아이들은 들판에 모여 파랑새를 멀리 하늘로 날려 보내. 날아가는 파랑새를 보며 동생 미치르가 오빠에게 물어. '오빠, 파랑새를 다시 볼 수 있을까?' 하니 치르치르는 '그럼 언제든지 볼 수 있지. 파랑새는 바로 우리 마음속에 있으니까.' 했지. 꼭 네 이야기 같지 않아?"

금붕어의 짝은 말했다.

그리고 금붕어는 알을 잔뜩 낳았다. 알속에서 수많은 새끼 금붕어들이 태어났다. 수족관은 금붕어들로 차올랐다. 수족관이 싫어서 길을 나섰던 금붕어는 결국 수족관으로 돌아오게 되었다. 하지만 금붕어는 예전의 금붕어가 아니었다. 수족관이 싫어 수족관을 나가기를 간절하게 꿈꾸었던 금붕어는 이젠 죽었다. 이제는 수족관에서도 생생하게 살아 있는 금붕어로 다시 탄생한 것이다. 금붕어는 이제 세상을 이해했다. 수족관이 작은 공간이 아님을 알았다. 강과 바다를 경험하였기에 지금의 수족관이 공간이 얼마나 특별한 공간인지를 깨닫게 되었다. 그리고 자신의 아름다운 색깔이야 말로 자신의 진정한 특별함이라는 것을 알았다. 그리고 이제는 붕어의 사냥 실력과, 바다의 광대함을 부러워하지 않게 되었다. 결국 특별함이라는 것은 애초에 수족관에 있을 때부터 타고났던 것이었다. 그것을 알지 못하고, 수많은 길을 여행했던 금붕어는 수족관에 돌아와서야 자신의 특별함을 깨닫게 되었다.

깨달은 그 순간 금붕어는 조용히 눈을 감았다.

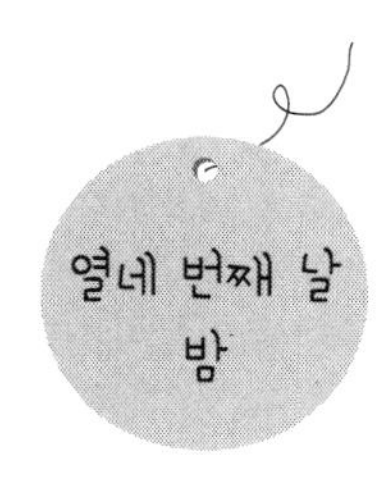

"이야기 잘 들었니?"

나는 그녀의 말에 정신을 차렸다. 눈앞에는 금붕어가 어른거렸다.

"금붕어는 수족관에서 어떻게 되었을까?"

"오래오래 행복하게 살았지."

"우리도 금붕어처럼 행복하게 살게 될까?"

그녀는 대답했다.

"그럼, 물론이지!"

〈끝〉